U0060696

多談點主義

楊小濱

目次

輯一　我主義

憤怒鳥主義　006

極樂鳥主義　008

世俗主義者的平安夜　010

假春天主義歌謠　012

後律詩：唯名主義者沙彌尼　014

後野狼主義研討會花絮　016

後團拜主義　018

正午黑暗主義　020

懷疑主義者筆記　022

辯證怪物主義者軼事　024

課間操主義　026

莫札特主義　028

山水詩主義　030

輯二　你主義

冷乒乓主義　036

夜行船主義　038

香巴拉主義謠曲　040

點絳唇主義　042

魚奶中心主義及其它　044

後懷舊主義　046

偽小夜曲主義　048

軟釘子主義　050

老照片主義　052

一個後浪漫主義者的愛　054

輯三　他主義

不冒太空氣泡主義　060

後投毒主義　062

後襲警主義　064

後鞋襲主義　066

後和諧主義哀歌　068

後耳順主義　070

後葬禮主義　072

後拳頭主義　074

黑金剛主義　076

後廢話主義：我的書架　078

後情書主義——一封新浪管理員的來信　080

後銷售主義者週記　082

輯一

我主義

憤怒鳥主義

不捨身很難，鵪鶉在美景中
令人心碎，也能聊博一笑。
　　　　　　憤怒沒理由。

天氣好就打仗，烏鴉掉落
就變一場病。比起子彈
微笑總是更像合謀。
　　　　　　死也要叫春。

換一種喜鵲驚弓還是鳥樣。
去三拉四之後，亂槍
近乎亂倫，揍出更多敵人。
　　　　　　羽毛美得無用。

奮勇始於歡樂，逗弄鸚鵡
便橫眉怒目，灑一地冤魂。
　　　　　　卻是滿肚虛無。

極樂鳥主義

琴鍵撲飛，拋向天空的鳥群
一邊叫春一邊咬太陽玩。

在漫天的音樂裡，牠們
尿出奇癢的果汁，吱吱叫：

「當歡喜樹上結滿了童年，
而翅膀撒出珍珠火山……」

刺骨到極點，便從狂喜
跳往更高的地獄，驚駭於

亂箭齊發。目標失去了
牠們急墜到千孔深處，

翻捲著指尖，擊中要害。
一瞬穿越千古，而黎明

依舊高懸。

世俗主義者的平安夜

他把浮腫世界繫在一絡松針上，
稱之為迷你熊。棉花鬍子沉默
比雪橇來來回回有更充裕的羅曼史。

情急之下，末日也會笑出聲來，
給裝睡的他一些樂觀。
平常，他遠遠看去不像是吃了秤砣的天使。
塗墨的馬糞紙，也很難疊成翅膀。

假如要一躍而過，鹿蹄上的鈴鐺
會驚動睡蓮嗎？唱出來的亮晶晶
點燃了乾煎的苦森林。

那就讓禮盒裡的胖子
再胖一點。他繼續勒緊肚臍。
而絲帶另一端綁住的
是長線下吐泡泡的木魚。

假春天主義歌謠

街上綠得發慌，郵車
送來壞消息就走。
暖風裡有無限懶意，
養肥了我們的好胃口。

滿眼滑溜溜的雲，
告訴我們天是容易逃走的。
樓頂全都被鳥喊尖
還刺不破季節的謊言。

陰雨甜膩了太久，
連閨蜜們也蕩漾起來，
一邊暈車，一邊唱高音。

激情處，張開就是豔麗。
但她們吹出的不是花粉，
是過期的美白霜。

後律詩：唯名主義者沙彌尼

歡喜到冰點，如雪藏起一粒沙。
她的沙啞綻放出妖冶花。

喝沙漠影子會太苦，
沙發上纏綿，卻沾一身狐步舞。

聞到宇宙沙龍的酸味，
她嚼夢的沙沙聲裡新月如醉。

幸福沙拉在蝴蝶襌裡發狂，
她便是漂亮的女沙皇。

後野狼主義研討會花絮

（一群山羊在會場咳嗽，喉嚨裡的狼跳到
　　　　　　　　　　　講臺上。）

（馴狼師繞著椅子揮鞭，足跡從另一個星球
　　　　　　　　　　　　　開花）

（一個御廚尋找新鮮狼蛋。他煮出子彈碎殼粥，
　　　　　　　　　　　　卻嚼不爛）

（狼學家用蠟筆勾勒月亮的耳垂，狼孩甦醒了，用鞋帶綁住
　　　　　　　　　　　　　一條河）

（而狼外婆捧出一鍋狼奶，熱得不倫不類，美得
　　　　　　　　　　　　香噴噴）

（束郭先生數著肉刺喃喃自語：「狼牙旗真威武，讓它
　　　　　　　　　　　　迎風招搖！」）

（泥土像海一樣湧來，淹沒了動物園。園長打完飽嗝就蹲到狼尾下。
　　　　　　　　　　　　幕急落）

後團拜主義

我給狂風抱拳，把世界整得
一團和氣。掌聲憨笑起來，
叫我怪叔叔。
　　　　　門在練憋氣。

一陣點心後，嘴垮了。
南音好話連篇，賽鮮花，
果香繚繞起神蹟，彷彿
我是灶王爺。
　　　　　陽光也濕嗒嗒。

撕掉黃曆，良辰全是新的。
白日夢是好朋友，積攢了
千堆灰心。
　　　　　一古腦撒光。

點　炷蝴蝶春，讓暖意
瀰漫在窒息中。
　　　　　牡丹吐一地。

正午黑暗主義

一種想法就讓人害怕。
一次靜默，被鐘聲敲裂。

活見鬼之後，跳宮廷舞，
用影子餵影子，消失了自己。

一個高音唱破了膽，
奪過眩目，塗抹舊傷口。

身體點著了火，爆竹聲劈啪。
悄悄問：你摸不到陽光的鋒刃？

一割喉，眼前就亮起來。
但瞎子看不見，依然尖叫不止。

懷疑主義者筆記

雨缺了花還是雨嗎，或者
眼睛漏了風景還能看多遠。
把疑問藏進袖子，比起
從信封裡掏出來歷不明的水果更危險嗎。

一個身懷絕境的人，有幾種筋斗可以試練。
誰又能把狼煙吐到思想的高度。
踢給山的球，怎麼才能被水拋回來。

走到高處，如何給死者以絕色的美，
而豔麗姐是否另有其人。

誰能從細雨裡聽到哭聲
誰就會記得，斷弦如何抱住跫音。
在年齡上，天真都是困倦的嗎，
假如等不到結束，太極拳都會變成裸奔嗎。

用暴牙暗指明天的人，每一次微笑
都望穿秋水嗎，私藏酒窩的人
是否能把時間灌倒，讓鬼魂回頭呢

辯證怪物主義者軼事

爬在蛋殼外，不免想起
蛋殼裡的那些瑣事。比如，
給看門人餵糖，一邊暗地裡
給他們身上的跳蚤起綽號。

蛋已經碎了很久了，怎麼還會
有看門人呢？要不你也試試
把蛋白攪成巨浪滔天，
可又有誰理會呢？呸！

總以為有一層膜可以舔破
到頭來，刮傷的反倒是自己的舌頭。
不信嗎？那你還不如躲在蛋黃裡
繼續修埋睜不開的眼睛。

課間操主義

伸腿、彎腰、打嗝。用一分鐘
唱完一輩子國歌。

手指削薄了空氣中畫出的蘋果
掌心像枯葉，迎風顫慄
好像捧出了歲月的種子
不給老師看，留著做無名英雄

想到兵器與炊具，心不在焉的旗幟
正面是死因，反面是活口
音樂戛然而止，人人都蔫了下去

瘦成烈士的唇槍舌劍，犧牲在
幾代人的拳腳下，跟隨明天長成影了

等到孩子長大，才記起來幾十年前的錯：
每次課間操都忘了重繫鞋帶。

莫札特主義

我還坐在那裡，鋼窗前，
一陣陽光撲面而來
把我裹成一顆松香。

蟬聲發燙，為我穿新衣。
操場上，廣播停下，
我畫了一只青橄欖，
沒有收信人地址。

身背青草的學姐來了，
把夢中松鼠塞進我短褲。
在　個雲朵像羽毛的日子，
我飛上花園的枝頭，
咬住那顆夠不到的蘋果。

在打蠟的木地板上滑行，
我把南風抱成枕頭。
漂過那些洶湧的季節，
音樂黝黑，流成少年血。

山水詩主義

我們咬著世界的灰，就
數不清滿嘴狂風，也忘了
怎樣才能吹破一臉大海。
在變幻的季節下，只有鹽
是過剩的，給晴天一點安慰：
他們說，多出來的滋味總能令人顫抖。
於是我們寫下許多液體，以為
露水可以捏造天空，以為一隻鳥
就搖落了森林。他們說
看見陰影是一種美德。
那麼，最後一次厭煩也沒有多少騷味。
只要我們繼續舉著拳頭，
就會有狐狸紅漸漸飄來，彷彿
那是一種未來，比疼痛史
更迫切的未來，幾乎趕上了節日……

我們咬著世界的骨頭，把骨髓
留給萬里魚腥。他們會驚豔嗎，
他們會穿上鈴鐺慟哭嗎？
一瞬間，羽毛飛滿整個日落火場。
我們逃出一個圓，跌進輸光的棋盤。
過隧道的時候，我們就是這樣尖叫的，
彷彿快感的神蹟刺穿了宇宙。

好了，俠客坐著馬尾辮飛走了，
那我們也趕快騎上烏雲，沿雷電
吞吐蛇鞭，剝太陽的皮，他們說
這就弄壞了色相。也許是對的，
在陽光裡走完夜路會讓人恐懼，
那麼，我們遠離了遙遠，
便滑翔在自己的口哨上……

輯二

你主義

冷乒乓主義

好歹算個球。我抽完少年臉，
你就削壞人皮。我們
一身舞蹈撐成灰。

有如小月亮不聽話，
忘掉琴鍵的黑，落進
托卡塔的叮咚。

叮咚輸給了啪嗒，
像一粒藥丸終於粉碎。
我不吞苦果誰吞。

而你以為圓的雲不下雨。
天氣打過來，一樣像小丑。
何況誰的鼻子都能飛成梨花。

我們讓愛情作假彈跳，
吐來吐去的就不只是祕密。
漫天的裸體只叫喚，不言語。

夜行船主義

看不見燈火闌珊，
那是遠方太遠。假如
眼波太蕩漾，又會
趕不上下一輪笙歌。

咿呀一聲月亮叫下來，
秀色淹沒了心情。
鬢髮讓人透不過氣，
大河有要命的小梨渦。

悠揚到盡頭，挽一手
甜不辣，無奈已成往事。
多少魚腥，多少吃吃笑，
含風飄回岸上的冷。

水胖胖流過，就像
沒心肝的鐘聲。一露臉
就聞到暗潮醉人。
抹掉星空，就倒在甲板上。

香巴拉主義謠曲

香巴拉，花蕾剝開正剝開

（貓齒咬緊早晨尖叫）

香巴拉，鋒刃燒起再燒起

（貓眼割斷正午日光）

香巴拉，天窗外天使拍打拍

（貓爪撕碎午後衣裙）

香巴拉，陰雨纏綿就綿綿

（貓舌為你黃昏含露）

香巴拉，煙霧飄也不如飆

（貓尾拂過夜半鐘聲）

香巴拉，一腔烈酒吐啊吐的

（貓耳撲打黎明之死）

點絳唇主義

你吹散的楓葉認不得時間，

那麼，就只好叫她晚秋了。

不見血，雨還怎麼下。

順著臉頰摸一摸冷暖，

要給喜怒增加幾分陰晴。

不只是樹枝發出沙啞，

笑聲一停，美貌更枯澀，

幾乎忘了大雨是怎麼瓢潑的。

記憶濕透時，連貝殼都吻遍，

只把珍珠關進水族箱。

嘴噘著就會蔓延開的。

紅　下，還不夠嚐遍餘生，

非要淶水酒高的坑壙味。

你炸開的腦袋更熱烈，

那麼，就讓它逼真好了。

魚奶中心主義及其它

你知道去哪裡喝魚奶嗎？
假如天氣好，可以把
天鵝絨繈褓鋪到海面上。

你知道去哪裡喝魚奶嗎？
浪花打濕了私處，別忘了
從青春痘裡撈出果凍水母。

你知道要去哪裡喝魚奶嗎?
到弦歌樹蔭下，蟹齒
為你的婚禮準備了泡沫雲。

你知道要去哪裡喝魚奶嗎?
臉上，沙礫記下了星宿，
誰也接不住夜空丟出的雪白。

後懷舊主義

「你的腳插到另一朵雲上去了，」她說。

我一驚，連忙抽身回到原來的機艙裡。
在飛的時候，開小差是免不了的，
但誰又能發誓，到達的必定是出發地？
用大好山水抹一把臉，就醒了。

我看到的往往不記得，記得的往往看不見。
生活就是影子，以為風可以吹走的，
只是眼裡的沙塵。（不是已經洗過了嗎？）
本來也不髒，假如……

假如世界本身夠邋遢的話，一串念珠似的花
也數不乾淨。但可以插在耳朵裡，
當情歌聽。當然，是另一隻耳朵。

「我們的頭枕在同一片花瓣上，」我說。

偽小夜曲主義

你終於答應成全我和月亮的好事了，但條件是
我得吐出昨晚的星星。這讓我非常為難：
因為月亮並不比摟在一起的星星更懂得體貼。

我們就這樣僵持了許久。直到後來，
笛聲也來湊熱鬧，吹出一屁股的東風。
但笛聲裡肯定漏了更有深意的嘆息，
只管把哼哼撒在夜空中，就倒頭呼呼了。

我站到懸崖上去張望：看不到更多的祕密願景。
包在糖紙裡的酒窩也慢慢嚴肅起來。
究竟是你的仁慈香，還是我的哈欠甜？

總之我們都迷糊了，因為春天也夢囈不止。
你好心地摘掉鬍了，才像個漂亮老師，
用皺巴巴的手指去捏我掉下來的痘痘。
我睏了嗎？可月亮也還沒穿上睡裙呢。

軟釘子主義

刺到肉裡的，未必是愛情。
從心靈的窗戶眺望到的，
也可能鋪滿灰塵。

對一隻鞋底的蟑螂發呆
只能解釋為
意外發生得太晚。

而光著腳走路，啊，腳尖的
夜曲，在冰涼的月色下
戛然而止。

老照片主義

我的鮮格格救不了你的亮晃晃，
一骨碌，花朵順陽光爬到畢業。
臉色曬出霉味後，丟三拉四，
舊情書折成紙飛機也顛撲不滅。

我看天氣似笑非笑，雲上
也長出萬般粉刺，假裝初戀。
塔尖比下巴傲慢，夠不著舌吻。

鄰座漂遠了。沿一陣西風踩遍
長髮甩尾，追到膽囊羞澀。
我跳進沒有自己的酒窩找妹妹，
在濃情裡發呆，嚐不到蜜意。

卻是密語封住桃花眼波，
一夜羅曼抄成英語的蛇信。
胭脂化開，滿臉都是紅唇。

一個後浪漫主義者的愛

我只能用別人的話說出「我愛你」。我只能
摘一朵茱麗葉的玫瑰，吹一口林黛玉的東風。

但玫瑰早已不是玫瑰，假如
所有的玫瑰在同一朵裡開放。

或者，假如玫瑰僅僅是一陣咳嗽
愛情也不會痊癒。它只會

繞到更古老的習俗裡，借用媒婆／媒體
促成網戀：用說話替代手

米觸摸。美人只有掀開所有的頁碼之後
才回眸而笑，露出狼牙。

那時，所有的花瓣已從身上褪盡
所鍾愛的，不過是美人的詞根，沒有人

只有美學，透過背得爛熟的
愛的臺詞、小夜曲和青春期指南

遇見兩種女郎，著涼前後的完美角色
但沒有一種可以終身託付：

每當我路過死亡，就有形而上的少女
嬉鬧，晃在鞦韆的抽象裡。

而慾望的少女，穿戴整齊
便成為愛情的小姐。

輯三

他主義

不冒太空氣泡主義

月亮肯定不是上帝吹出的氣泡，不然
它早就噗的一聲沒了。
但有些氣泡長在宇宙的胃裡，
打不出嗝，就變成我們一生的酸氣球。

氣泡會比汽艇飄得更高嗎？
還是像炮彈沉到在歷史的海底，
雖然獨享過浪花的一夜激情，
卻也無法怒放出晚霞的幸福嘴臉。

換句話說，地球是不是人類的氣泡
就成了疑案。只要你不使勁吹，
氣泡也可能是鋼鐵蛋。當然，
不是噗的一聲，而是鏜的一拳。

後投毒主義

在草場上，有一朵雲叫嘔吐。
但這還不是最美的。
養分，像漣漪淹過頭頂──
有一場雨叫乳汁中長大的卵石。

而漣漪下面，美人魚一哭便偷腥了
水裡的糖。咦？聽見了？就算是
牡蠣替她們吹幾聲口哨──
珍珠的精緻，也不下於陰謀。

來吧，讓昆明湖倒在鴆酒下。
母牛在岸邊眼圈發黑地散步，
美麗得忘了熊貓是假的──
吞下斷腸草，她就能長成劍齒虎。

後襲警主義

嚼了骨頭，嗆了血，拍拍手。
回頭看，一次被禁的遊戲，
從指尖上點燃了偷歡。

火，不塗鴉，只留下燒完的烏雲。
想飛的自行車竟呢喃了直升機，
難怪星星也要潑濕一座樓！

拼不成的故事，不拼完也罷；
洗不白的血也不打算洗。
贏回來的硬，抵不過輸掉的軟。

那就沿著痛往上，往上。真高啊，
膽子不小，這樣爬閃電般的絞架──
等夠到了雲，噴泉就碎落一地！

後鞋襲主義

為了不對稱的美，他用右鞋獻上了花朵。
看岔了，西半球本不是繡球，
而燦爛的招牌也常常亮出爛招。

假如鮮花盛開了一堆閒話，那為什麼會說
咿咿呀呀，溫暖還比不過瘟疫？
假如這一場真是世界杯，那為什麼
臭腳丫還賽不過醜小鴨的蹣跚？

當然，有太多的臭球等我們去撿，
他從夢裡甩出的恰好是巴格達飛來的──
穿越英文的喜感，抵達中文的莊嚴。

這真是美好的日子：一顆彗星
從耳邊呼嘯而過，如百年難遇的潮吹。

後和諧主義哀歌

多少年了，你興奮起來真的像衝刺的鐵刀——
你踩著每個紅血球飛奔，撞碎自己。
你用絲綢花瓣切割肢體，夢見
開往仲夏夜的列車，悄然駛向虛無……

多少年了，你必須允諾：讓劇痛甜起來——
你被碾壓的頭顱又會重新長成新鮮人參果。
肉已經撕扯好，釘子已經扎進泥土，
刀鋒便展翅飛起，像披著婚紗的新娘……

多少年了，你把自己撐成一具制服筆挺的殭屍　——
鬼魂的越野賽卻從來不會停息。
正午的灼熱裡，你被一個慈祥的謊言擊中，
死後你仍然跪下，以為刀刃學會了憐憫……

多少年了，你必須微笑，哪怕舌頭早已咬斷——
你的臉沿著希望飛翔，沿著那條軌道赴死，
撲向一個又一個光輝躍進的年代，
直到痛醒的死者叫亮泥土上的刀，和刀上的血……

後耳順主義

他聽到的鼻血是癢的。風一吹
幡就立正了。只有星在蠢動。

他聽到的手銬是輕盈的。有如
一枚銀鐲觸到了酒宴上的水晶杯。

他聽到嘶叫，聽到無邊的喘息
那是狂喜嗎，是高潮嗎，是瀕死的鷹嗎。

他聽到花的綻放，他的牙碎了。
他聽到海底的珊瑚，他的唾液凍住了。

他聽到寂靜，恐怖的寂靜。
哪怕摀住耳朵，寂靜也會穿透。

他聽不到的，幫他聽到順耳為止。
為了唯一的耳朵裡唯一的聲音。

讓一隻耳朵刀劍般閃亮，挺立。
讓其餘的耳朵排成一溜同花順。

後葬禮主義

死者的雙唇被縫起。
墳墓必須閉嘴。
把宇宙的深淵關進頭顱。

死後，你仍然是囚徒。
你把腐爛消化在棺木裡。
鼴鼠聽到你嚥下的笑。

死者不會驚恐。而蟬聲
將比沉默更無望。你一轉身
就會碰到被掩埋的月亮，

但獄卒們依舊排成長槍，
守候你失去的呼吸。
寂靜是一把刀，藏在生者的舌下。

死者被再死一次。葬禮被埋葬。
等大地醒來時，只有死者站起。

後拳頭主義

把一座島捏在拳頭裡
說不準扔向哪裡。
拳頭是長在手上的鳥。

驚弓，順便也驚世
拳頭笑起來，嚇壞了寵物狗。
天氣好得暗藏暴風雨。

全身喇叭開花，唱清香，
拳頭鼓咚咚，迎來新節日。
併肩躺到晴天的懷抱。

披掛了鮮豔，簡直
認不出舊愛新歡。
臉譜換了好幾個朝代，
依然只說自己最美。

那麼，借一頓別人的拳頭，
才能趁熱捶打鏡中的胸膛。

拳頭飛起，不知所終：
本世紀一具性感幽浮。

黑金剛主義

掙開，眼前一陣發黑，
上了膛的子彈暗藏迷戀。
躲在殼裡時，他們
不過是一隊隱士，
推揉寂寞，為了更寂寞。

有時，大眼瞪小眼才能
忍住滿腔怨恨。
頑固是什麼？以不動
抵禦動，咬緊不壞身。

他們害怕晝夜。因為
就算轉成球狀，
也免不了會被劈成兩半。
不牽手，為感傷的世界
演一場酷斃的啞劇。

後廢話主義：我的書架

在我書架上，

桑克後面是森子，

蔣浩右邊

是姜濤，

不是因為

想讓他們搞基，

只不過

我按拼音順序排作者。

後情書主義——一封新浪管理員的來信

親愛的，我們把你刪了。

親愛的，對不住了。

親愛的，我們到現在還不想殺死你。

親愛的，如果你被失蹤了，那是我們太愛你。

親愛的，1984不會過去，1989也不會。

親愛的，一起爬得久一點吧。

親愛的，他們救不了你，因為你是我們的。

親愛的，你像一隻笨豬豬該多好。

親愛的，你為什麼是只草泥馬呢。

親愛的，你看別的豬豬呼嚕呼嚕吃得多快樂。

親愛的，你身上的血見證了我們的愛。

親愛的，疼嗎？忍著。

親愛的，你真的一點都不乖。

親愛的，我們可以就這樣一口把你吞了，你知道的。

親愛的，閉嘴。

後銷售主義者週記

第一天，我賣的是噩夢，
但一個都沒賣出去。
夢和夢，堆在臥室裡，骨肉相連著。

第二天，我改賣哈欠，也無人問津。
熱騰騰的新鮮哈欠，是不是太濕，
以至重量超過了人們的承受力？

第三天，我開始賣噴嚏。
一陣響亮，逃走的比趕來的還多。
我很奇怪：難道
非要更私密才行嗎？

第四天，我決定賣笑。
呵呵哈哈嘻嘻嘿嘿，當然
嘻嘻的價高，因為太難了。
那個跳上窗口來搶購嘻嘻的戀人
撞碎了門牙，還合不攏嘴。

第五天，我想心跳一定賣得更好。
但四周機關槍突突，鼓聲咚咚，
如此地痛，如此地暢銷。
心跳終究敵不過，應聲倒地。

第六天，我偷偷賣起慾望來。

潮紅、激喘、勃起，一件不留。

買的和賣的都累垮了。

最後一天，我只有無夢的睡眠可以賣。

但我一示範就睡著了。此後我一無所知。

閱讀大詩30　PG1230

楊小濱詩×3

多談點主義

作　　　者	楊小濱
責任編輯	鄭伊庭
圖文排版	賴英珍
封面設計	王嵩賀

出版策劃	釀出版
製作發行	秀威資訊科技股份有限公司
	114 台北市內湖區瑞光路76巷65號1樓
	電話：+886-2-2796-3638　傳真：+886-2-2796-1377
	服務信箱：service@showwe.com.tw
	http://www.showwe.com.tw
郵政劃撥	19563868　戶名：秀威資訊科技股份有限公司
展售門市	國家書店【松江門市】
	104 台北市中山區松江路209號1樓
	電話：+886-2-2518-0207　傳真：+886-2-2518-0778
網路訂購	秀威網路書店：http://www.bodbooks.com.tw
	國家網路書店：http://www.govbooks.com.tw
法律顧問	毛國樑　律師
總 經 銷	聯合發行股份有限公司
	231新北市新店區寶橋路235巷6弄6號4F
	電話：+886-2-2917-8022　傳真：+886-2-2915-6275

出版日期	2014年11月　BOD一版
定　　價	350元（全套三冊不分售）

國家圖書館出版品預行編目

楊小濱詩×3 / 楊小濱著. -- 一版. -- 臺北市：釀出版,
  2014.11
    冊；　公分. --(語言文學類 ; PG1230)
  BOD版
  ISBN 978-986-5696-50-4(全套：平裝)

851.486   103020339

讀者回函卡

感謝您購買本書，為提升服務品質，請填妥以下資料，將讀者回函卡直接寄
回或傳真本公司，收到您的寶貴意見後，我們會收藏記錄及檢討，謝謝！
如您需要了解本公司最新出版書目、購書優惠或企劃活動，歡迎您上網查詢
或下載相關資料：http:// www.showwe.com.tw

您購買的書名：_____

出生日期：_____年_____月_____日

學歷：□高中 (含) 以下　　□大專　　　□研究所 (含) 以上

職業：□製造業　□金融業　□資訊業　□軍警　□傳播業　□自由業
　　　□服務業　□公務員　□教職　　□學生　□家管　　□其它_____

購書地點：□網路書店　□實體書店　□書展　□郵購　□贈閱　□其他

您從何得知本書的消息？

　　□網路書店　　□實體書店　□網路搜尋　□電子報　□書訊　□雜誌
　　□傳播媒體　　□親友推薦　□網站推薦　□部落格　□其他_____

您對本書的評價：(請填代號　1.非常滿意　2.滿意　3.尚可　4.再改進)

　封面設計____　版面編排____　內容____　文／譯筆____　價格____

讀完書後您覺得：

　□很有收穫　□有收穫　□收穫不多　□沒收穫

對我們的建議：_____

_____

_____

_____

11466
台北市內湖區瑞光路 76 巷 65 號 1 樓

秀威資訊科技股份有限公司　　　收

BOD 數位出版事業部

....

（請沿線對折寄回，謝謝！）

姓　　名：_____　　年齡：_____　　性別：□女　□男

郵遞區號：□□□□□

地　　址：_____

聯絡電話：(日) _____　(夜) _____

E-mail：_____